LE JOUR DE LA MARMOTTE

À Leezie Borden et M.K. Kroeger - B.L.

Catalogage avant publication de Bibliothèque et Archives Canada

Lewin, Betsy
(Groundhog day. Français)
Le jour de la marmotte / Betsy Lewin, auteure et illustratrice ;
texte français de Lucie Duchesne.

(Je peux lire!)
Traduction de: Groundhog day.
ISBN 978-1-4431-6804-5 (couverture souple)

I. Titre. II. Titre: Groundhog day. Français
III. Collection: Je peux lire!

PZ23.L488Jo 2018   j813'.54   C2017-906104-6

Édition publiée par les Éditions Scholastic, 604, rue King Ouest, Toronto (Ontario) M5V 1E1.

5 4 3 2 1   Imprimé au Canada 119   18 19 20 21 22

MIXTE
Papier issu de
sources responsables
FSC® C103113

LE JOUR DE LA MARMOTTE

Betsy Lewin

Texte français de Lucie Duchesne

■SCHOLASTIC

C'est le
2 février,
jour de la
marmotte.

Tout le monde attend que
Mario la marmotte se réveille
et sorte de son terrier.

S'il fait nuageux, Mario ne verra pas son ombre et il restera à l'extérieur.

Alors le printemps arrivera bientôt.

S'il fait soleil, Mario verra
son ombre.

Il rentrera dans son terrier et l'hiver
durera encore six semaines.

Mais Mario est encore endormi,
bien au chaud dans la pénombre.

Soudain, Mario est soulevé
très haut dans les airs.

Tout le monde applaudit.

Puis, Mario se retrouve
sur le sol gelé. Il fait
quelques pas et regarde
autour de lui.

Pas d'ombre.

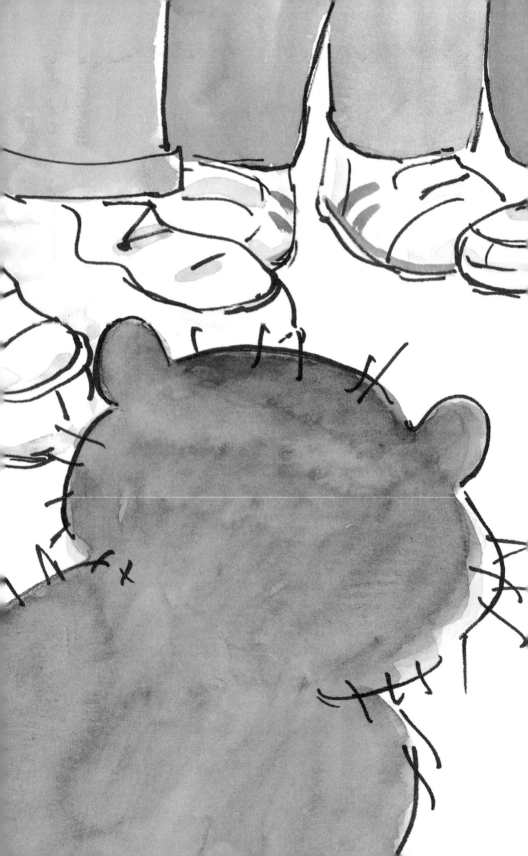

Il voit des pieds,
encore des pieds,
mais pas d'ombre.

Il regarde en l'air
et voit un ciel froid
et gris, mais pas
d'ombre.

La foule s'écrie : « **HOURRA!**

Mario n'a pas vu son ombre.
Le printemps s'en vient! »

Mario entend un gros **CLIC!**
Il voit un éclair de lumière.
La lumière crée une ombre!

« **HÉÉÉ!** » crie Mario.
Et il rentre dans son terrier.

Pendant des années, les gens
ont cru que la marmotte prédisait
le temps. Aujourd'hui, nous
connaissons la vérité : Mario a peur
de son ombre!